詩集

四千の通行人

米山浩平

書肆 子午線

目次

詩集　四千の通行人

無限

（何ひとつ書く事はない
私の肉体は陽にさらされている
私の妻は美しい
私の子供たちは健康だ）　谷川俊太郎「鳥羽Ⅰ」

いまこそ金の産出量が提示される

（本当の事を云おうか）
植木鉢の花に水を与える
この振る舞いがいかに危険を伴うのかを
詩作者は知らずに時を過ごす

（何ひとつ書く事はない）と達観していたようだが
あわい彩りの花弁は既に政治化を遂げている
隣室から響いてくるオルガンの和音は
あまりに生臭く差別的だ
逃避できる日常茶飯など　いつまで残されているのか

（この白昼の静寂のほかに
君に告げたい事はない
たとえ君がその国で血を流していようと
ああこの不変の眩しさ！）「鳥羽Ｉ」
まぬけで気楽な状況を離れて
わたしたちのなすべき役割が明らかになった
それは金の産出量を思い浮かべることだ

《始まり》と《終わり》
またはその抹消は
（何ひとつ書く事はない）

詩作者の常套句に貶められたのかもしれない
とはいえ、始まりが姿を現わすとしたら
「金の産出量をはかる」
作業から起こりうる

（本当の事を云おうか）
いま望まれる
最も美しくポエジーにあふれた倫理
さあ始まった
「金の産出量をはかる」
はじめて詩神が降りてくる
髭づらの天使は微笑む
競泳プール三杯分をしのぐ幸福
（二十億光年）の連帯
（ああこの不変の眩しさ！）
誰も知ろうとしなかった地上の楽園
ほんとうの無限に

わたしたちは立ちあうだろう

四千の通行人

（一篇の詩が生れるためには、
われわれは殺さなければならない
多くのものを殺さなければならない）　田村隆一「四千の日と夜」

長期的には皆生きてはいない

見よ、
行き交う四千の関心がほしいばかりに
はげしい炎天と凍りついた拒絶のもと
（一羽の小鳥）のロゴが
駅前に立つ募金箱に貼りついている

聴け、
通り過ぎる四千の関心がほしいばかりに
降りしきる雨を浴びながら
汚れていくポスターに転写された、
（たつたひとりの飢えた子ども）の泣く声を

（一篇の詩）
（一羽の小鳥のふるえる舌）
（たつたひとりの飢えた子どもの涙）
うすっぺらな喩えから見上げてみよう
てっぺんは遥か彼方だが
ネズミ講の親も長期的には自滅する
記憶せよ、
トラックの荷台へ
一匹ではない（野良犬の恐怖）が詰めこまれている
救済策として

まずは、
オリンピック観戦をボイコットすべきだ

身体分業論

（彼女とはすでに
一緒に食べたことも
一緒に排尿したことも
一緒に排便したこともあるから、こんどは一緒に
分娩したい）　伊藤比呂美「霰がやんでも」

生物の本能に従いたい
そうではなくて内なる〈人間〉を分解したいのかもしれない
しかし　各部位を切り離したまま
人間へ戻らざるをえなくなる

食事する器官
排尿する器官
排便する器官
分娩する器官

人間の身体には脳組織が搭載されている
指揮系統は脳ではない
指揮系統は遠いところで息絶えている

自我の芽生えとともに巣立つ器官
世帯数を増やす器官
貯蓄にはげむ器官
景気浮揚に参加する器官
社会情勢を語る器官
精神論にうなずく器官
日本経済新聞を読む器官
飲酒する器官

喫煙する器官
就業する器官
啓蒙する器官
（一緒に食べよう）
（一緒に排尿しよう）
（一緒に排便しよう）
行き着くところは組織票を構成する最小単位

この身体は脳組織が機能していない
各部位に自由意志が埋めこまれているのかもしれない
指揮系統は別の場所で動いている

蛙をめぐる法規

（蛙が殺された、
子供がまるくなつて手をあげた、
みんないつしよに、
かわゆらしい、
血だらけの手をあげた、）
萩原朔太郎「蛙の死」

子供たちが何をしているのか
問うてはならない
明かしてはならない
子供たちの将来に不都合が生じたら
誰が責任をとる？

（月が出た、
丘の上に人が立つてゐる。
帽子の下に顔がある。）「蛙の死」

丘の上の人の正体を問うてはならない
個人情報だ
これ以上の秘密に立ちいることは許されない
プライバシーを軽視しないでもらいたい
もしも名前や住所が知られて
自宅に怪しいダイレクトメールが届いたらどうなる？
詐欺被害の危険を考えてもらいたい

こんな御託もわらえなくなって久しい

この風景は霧に包まれている
個人情報保護法施行以前にはさかんに開示を求められていた投資ファンドの顧客名簿のように
霧の中だ

パラノ・オリンピック

（あふむきに死んでゐる酒精中毒者《よつぱらひ》の、
まつしろい腹のへんから、
えたいのわからぬものが流れてゐる、）
萩原朔太郎「酒精中毒者の死」

アルコール
物量がメインテーマである不可思議な飲料
いつ
どこで
〈どれだけ〉飲めば
アルコール中毒へと質的な変化に至るのか

ペルー産シンナー
キリマンジャロ産ヒロポン
やっぱりワインはジュラ紀に限る
日本人なら覚醒剤
《ウイットに富んだユーモアですね》
夢の中にいるのかしら
お昼によく聞く幻聴です

とある自堕落な酒飲みの日常
うつろなアル中患者の眼前に
厳格な（殺人者）がストップウオッチをかざす
アル中患者はアスリートさながら
酒を食道に流しこむ
タイムを告げる（殺人者）
空の酒瓶の本数が計上される
《ウイットに富んだユー……
叱咤をあびつつ

腹筋を鍛えて
アル中患者は反復練習にはげむ
オリンピック競技化は近い
団体戦もありうる
ゴールは心安らぐ天国だ
《ウイット……
《ウ……
その首が王冠に飾られる日を切に願う

里親

（なぜ人は牛を殺すか）　入沢康夫「牛を殺すこと」
痛ましい飛沫が岸をたたきつける
そろそろ聞こえてもいいはずだ
波にまぎれる
黒ぶちの乳牛の哄笑
（なぜ人は牛を殺すか　なぜ人は着かざってそれを見るか）「牛を殺すこと」
彼らが終末をもくろむと云えば
人々はあざわらう、背後の牛たちとともに

横へかたむく首
埋め込まれた目玉　光を吸いとる

わたしたちは泳いでいる
まっしろな海を
羊水の中へ、産児のようだ
あまったるい子守歌を唄う牛
その声は我が子には向けられていない
子牛はとっくに立ちあがって草を噛んでいる

（なぜ人は牛を殺すか　なぜ人は着かざってそれを見るか　地面にひろがった臓物が　なぜ極彩色の世界地図に似ているのか　だが本当に牛を殺しているのか）「牛を殺すこと」

陳列棚のミルク製品
そこから抜け出す時期を、わたしたちは逸した
産湯の中に閉じこめられている事実を知ることはなくなった
わたしたちは早々に手放されたが

産みの親をうらむべきではない
おそろしい乳牛
この悪魔的な里親の顔を直視できるのか

ゾンビを憐れむ歌

また見つかった
何が
永遠が
ランボーを読んでいるぼくだ

おそらく！
全人類は戦慄するだろう
ポエムの改行とエクスクラメーションマークの必然に！
たぶん！
ぼくは震撼しているのだろう
自動車のマフラーを口にくわえて

排気ガスを吸っている百億人の勇気に！
硫酸の原液を
水で割らずにロックで飲む百億人の良識に！
日夜　彼らの臓器は異物摂取の修行にはげむ
なんという勤勉さだ
ぼくはといえばトンカチをオモチャにして遊んでいるだけだ
頭がさがる思いだ！
たぶん！
ぼくはうらやんでいるに違いない
円周率の暗記を止めない百億の学徒に！
架空の新種ウイルスの発見とか
謎めいた生態を究明する百億の研究者に！
一千億光年後
老若男女は有用性から最も遠く離れた勤労を獲得するだろう
それは永遠に終わらない
しかし！
ソースの壜は破廉恥すぎやしないか

みんな裂けてしまえ
コレガ運命トイウモノダ
ソレモ運命トイウモノダ
アレモ運命トイウモノダ
景気ハ感受性ニ運命ヲモタラス
マーガリン　マリーン　ブルー
完璧な×〇△などといったものは存在しない
完璧な××〇が××××××××
おお　未来世紀のレトリックだ
唯一無二の大大大大大大大大大大大大大宇宙的真理
圧倒的人間だもの的永久革命的第三世界的剽窃仏教的陶酔
魔術的神秘的呪術的戦略的エロス的超多義的法解釈的幻惑
ぼくはいま!
天動説の根拠を必死になって聖書の中に探している
ぼくは書く!
ぼくの彫刻刀は燃えている
消し忘れたまま外へ飛び出してしまった

どうにでもなれだ
ぼくの彫刻刀が火元になって
全宇宙が焼きつくされる！

イマジン

（想像してほしい
天国など無い）　ジョン・レノン「イマジン」

輪廻転生を信じている　じいさん
こんど生まれ変わっても
煙草を吸うていどには不良になってくれ
被害妄想
自己顕示欲
二重人格
罵声
近所迷惑

縦社会にはひれ伏す屑　だからこそ
みんなのために金を使ってくれ

天国の実在を信じている　じいさん
地獄に行ったとしても
いままでどおり酒を飲んでくれ
パチンコはどちらでもいいが
競馬にはまってくれ
競艇にはまってくれ
競輪にはまってくれ
金を吐き出してくれ
縁もゆかりもない、みんなに行きわたるまで
余生を吐き出してくれ

因果懲罰説を信じている　じいさん
旅券法の破棄
私有財産制の破棄

それらに加えて
想像してほしい
見わたせば　あたりいちめん
金塊におおわれている

日本経済新聞を信じている　じいさん
想像してほしい
量を絞らなければ保てない価値はいずれ墜落する
常識なのだそうだが
ゴールドの総量はプール三杯分に収まってはいないだろう

検閲

赤ん坊に絵本を読み聞かせる
(良識はこの世でもっとも公平に分け与えられているものである。)
デカルト『方法序説』谷川多佳子訳

赤ん坊は眠っていた

赤ん坊に絵本を読み聞かせる
(わたしは、人間をあるがままのものとして、
また、法律をありうべきものとして、取り上げた場合、)
ルソー『社会契約論』桑原武夫・前川貞次郎訳

赤ん坊は眠っていた

赤ん坊に絵本を読み聞かせる
（ヘーゲルはどこかで、すべての偉大な世界史的事実と世界史的人物はいわば二度現れる、と
述べている。）　マルクス『ルイ・ボナパルトのブリュメール18日』　植村邦彦訳
赤ん坊は眠っていた

赤ん坊に絵本を読み聞かせる
（言語とは何かを問うとき、）　吉本隆明『言語にとって美とはなにか』
赤ん坊は眠っていた

赤ん坊に絵本を読み聞かせる
《じいさん　何度もいわせないでくれ》
赤ん坊が初めて口をあけた
《まわりくどい話なら沢山だ　たしかに発言の自由が奪われる状況は存続する　検閲を逃れる
ために書物では古くから故意に解りづらい修辞が使用されていた　それが意味ありげな文体と

して誤解されることもあった　しかし、おまえが置かれている時代と場所を考えてみろ　おまえは何を主張しても火あぶりで処刑されない　当局や団体からの圧力は無視すればいい　おまえの身の安全は保障されている　いま聞いた話の様式にどんな意義が隠されているのか　ありえない検閲に取り込まれてしまって身動きがとれないだろう　まだ伝えたいことは残っているか　拘束されるまえに　言ってみろ》

川柳型思考回路の限界

（趣味だ
ぼくはプロレタリア文学を
娯楽で読むのでございます
と　書くと
津田孝さんあたりからひんしゅくを買うかもしれない）
荒川洋治「夜明け前」

二十一世紀も去りゆく
このモーレツ、スピード時代に
ナウなヤングというものがいたとして
デモに参加したい
と　言うと

プロレタリア文学を
娯楽で読んでいる老人から皮肉られるかもしれない
（夜　仕事を終えた今日のひよわな活字プロレタリアート三十六歳は
心をいやすため
かつての
プロレタリアートを利用する）「夜明け前」

斜にかまえた諧謔と反語的表現を用いて
寂寥感をまじえつつ
朽ちたものへの郷愁を語る
そんなところか
西暦一九八〇年代は新しい

自由詩の刑

（詩は本質的に定型なのだ）　田村隆一「水」

（一篇の詩が生れるためには、
われわれは殺さなければならない
多くのものを殺さなければならない）　「四千の日と夜」

自由詩の定型は可能だ
それは字数や音律に求めるべきではない
作品全般の中にあてはまる普遍的なものではない
個々の作品の数量だけ定型が存在する
規則が外圧であることを忘れないために定型は不可欠とされる

遺憾なことだが
この定型は他と比較して特殊だ
《自由》詩であるがゆえに
既存の規則に依拠しながら
ときとして否定する形式をとらざるをえない

遺言執行人もまた死す

数世紀後
あるいは数年さきに
覇権を握る生命たちよ
きみたちには言葉がとどいてほしい

（これがすべての始まりである）
遺言執行人を名乗る亡霊の群が地の窪みから
水たまりから湧いている
（これがすべての始まりである）
遺言執行人は終焉を告げに来る
（もしも明日があるなら）

なくしたくてもなくしようがない
（明日はなかった）
個体にとってはそうかもしれない

（この白昼の静寂のほかに
君に告げたい事はない
たとえ君がその国で血を流していようと
ああこの不変の眩しさ！）　谷川俊太郎「鳥羽Ｉ」

（ああこの不変の眩しさ！）

数世紀後
あるいは数年さきに
人類に代わる生命たちよ
きみたちは
旧来からの遠隔操作された人物型ロボットではなく
自我をもつサイボーグ

それとも情の伝わるプランクトン
あるいはより温かくて柔らかい恒温動物
謙虚なタンポポ
寡黙な黒土
自己犠牲を厭わない微風
いずれにしても未来をになう
進化した知的存在
憶測で軽率に語ったりはしない
深刻な事態を陳腐で冗長な形容で飾りたてはしない
きみたちであれば
わたしたちの有機的な喜怒哀楽の永続を保証してくれるはずだ

創世記a

（「光とは無限点の崩壊
崩壊する永遠」
人ひとり、誰も、誰も、通らない） 稲川方人『2000光年のコノテーション』

永遠と崩壊
無限とゼロ
かさなりあう両極のあいだには
（誰もいない）
（何も映っていない）
（傷ついた想像力） 二元論の中間領域では
誰もいない

何も存在しない
すがすがしい青空だ

（無人のヘヴンへ、ようこそ
ここも
誰もいない魂のくずだ）　『2000光年のコノテーション』

大日本帝国経済新聞を愛読している　じいさん
薦めたい銘柄はないが　こんな企業の株価が上がる
工場の完全無人化はもとより、
存在しない顧客の代わりに自社製品を買ってくれるロボットを製造するメーカーだ
2000光年彼方
やってくる宇宙船の飛行士は
全員が息絶えているのかもしれない
とはいえ　せめて
ヘヴンに降り立つロボットは二足歩行であってほしい

（観念の発生をゼロへ、おしつめていくと白い爆発がある。それを、それだけを詩と、呼びたい気持ちにぼくは傾く。）

平出隆『胡桃の戦意のために』

ゼロが
何が？
また見つかった

ついにはゼロさえなくなる

（だれにも発音されたことのない氷草の周辺を
誕生と出逢いの肉に変えている
物狂いも思う筋目の
あれば　巌に花　しずかな狂い
そしてついにゼロもなく
群りよせる水晶凝視だ　深みにひかる）

渋沢孝輔「水晶狂い」

果てしなき抒情

詩作者の書いた
（不可視）を越えて
（無数）から
ひとつを救い出さなければならない

ただ
風が吹いているだけ
ただ
川が流れているだけ
ただ
そこかしこで（無数）が仕掛けられている

抒情詩に延命をほどこす
狡猾な（無数）はどこに潜伏しているのか
いつまでも　開いたままの扉
どこまでも　つづいている道
限りなく引きのばされた時空間に宿る
もしくは
いつでもない始原
どこでもない終点
いつでもない、どこでもない何処かへひそむ
むしろ
何も描かれなかった地図
さまざまな詩句を量産する（不可視）
とりあえずの余白と不在と沈黙と幻影
とりあえずのゼロが（無数）を隠す
つまるところ
形式的束縛からの逃走　外界喪失

詩作者が思う夢の構図に置かれてしまえば
語り手を含めた人物はさらに輪郭を奪われる
誰も知らない誰でもない（無数）にいる誰か
もしくは
「そこには誰もいなかった」
愉快な眺めだ

不動のカーテン越しに陽がもれる
術後の患者たちは
無限大の抒情につぶされた知覚をとりもどす
夢の中で夢を見ている夢多き詩作者は消滅した
詩人ではないふりをしている生活者もまた
ついでに一掃された
詩作を捨てた患者たちの証言により
たしかな像を結ぶ壁と床の
おびただしい数の傷はかぞえられる
ドアノブが（いつまでも）

そこに在る

方舟

おまえを路地に
誘きよせたのは昨日までの弟
石油を浴びせたのは顔見知りの兄
未知の妹のこするマッチ棒を
にせの父親が投げ入れた
弟の合図で　鳩の群は一筋の焔をも幽閉し
まっくらな白日が息を吸いこむ
やがて鳩は散らばり
光が事態に輪郭を被せた
くすぶる灰のうえ
四人の重なる掌の甲

おまえに、ふたたびの命を与える

いちどめの洗礼を終えた後
わたしたちは甦る
つぎの生命のために
つぎの世を取り戻すために
居合わせた布陣は家族を名乗る

そう遠くはない昔
山羊が牧場主を裁判で訴え、
原告席に立った記録が残されているという
動植物が他言語をまなび
同等の権利を主張していた時代
ちいさな障壁にあらがい
異教の原理が市井に咲きこぼれていた。
夜ふけに訪れる天使のしゃがれた告知
聖母像の有性生殖

無類の混血をはぐくむ。
おまえが生まれ変わるとしたら
藁の湿った畜舎の隅だ

まぶたの裏へ投射してみる
近世の博物誌に描かれた、
生物と直立不動の人間が均質に並んでいる図版のように
列をなしている
海に向けて　ひとりずつ
あるいている
異種の防波堤は決壊した
馬の首を誇る聖母が鞭を打つ
スフィンクスの号令
むこうがわで
逆光を浴びて方舟が口を開き
待っている

白雪姫の世紀

王妃はひれ伏す
網膜を焼かれ
肉眼視した鏡にうつる
最も深遠な白雪姫
指令はくだされた

こびとたちの晩餐
土釜に放り捨てた想念が煮えたつ
蒸気の網目を破り
価値転倒を見わたす女帝と生るべく
沸騰するカオスをたぐり寄せ

着衣の至高に達するヴィーナス
ひっくり返ったガマガエルの腹に片足を乗せて
鷲鼻の白雪姫はあらわれた
蝶と蛾の配置が軋む
コウモリの飛ぶべき闇に鳩が行き交う
稲妻の鳴り響く天上
頬づえをついて
二元論の抗争を傍観する白雪姫
あらゆる美醜の逆立ちした荒野
無重力の惑星の絞首刑が公開された
魔法つかいの箒は円を描いたまま

合わせ鏡の狭間で
異形のナルシスが浮かびあがる
鏡は反射板であることを止めた
いよいよ、その素性を明らかにする

熱帯

灰に代わらぬ
箱のなかで、ひろがる点
というよりは染み
あるいは皹、
穴
灼熱にうながされ
燃えつきた棺を払いのけ
真夏の焼き場を脅かす
おまえが目覚める
斜めに傾きかけた寺院
口語で読みあげられた経文

むらさきの僧侶は棄教し
酒瓶を振りまわしながら
おまえの跡を追う葬列の波にまぎれる

ふたつの麒麟の首の交差から昇った朝日が
毛むくじゃらの猿の足に引きずり降ろされる
山伏が角笛をたたむ
龍は尾を叩きつけ
巨人の額から爪先をたどる旅は続いた
おまえは黒こげの肌を恥じる火葬場の取り替え児
アジアからアフリカへ
人々の就寝中に予告なく降臨する教祖
原始の神話を斥ける野生的思考
かぞえきれる装飾
かぞえきれるだけの宗教的様式
それらは混ざりあい飛沫をあげて逆回転した
焼き場の赤よりは暑く

濃密な単数の色彩の洞に貶められる
ひたすら横断する酔狂の徒を引き連れて
通り過ぎた道には肉食らう草木の繁茂
枝にぶらさがる、
風にたなびく干からびた半死のライオン
モズが帰って来た

たやすく横にずれる山
裁断されるための海が出口をつぐむ
ありうべき信仰が
ゆるやかに凡庸のシステムへなだれ落ち
旅は継続を余儀なくされる

塔

この絵画展にも　灯は消えて
スプレー缶のジャングルを掻き分け
顔らしき体裁の傍らへ
さながら劇画のように
吹きだしを添えなければ気のすまない不埒な輩が潜んでいるようなのだ
額縁の内部の人物に歪な楕円の空白を与え
猥雑な字句を書きいれ
絵画の牢獄に閉じこめられた沈黙の群集に
発言を強制する、恐るべき使者が
誰のためでもなく
みずからが信じた社会的義務を果たす

天井は雲の頂にとどく
下卑たわらいが世界言語に寝返る
無国籍の自画像が口走る淫らな伏字を解さず
嬰児は養父に抱かれて徘徊する
監視員を眠らせ、
額縁を抜け出した複製の男女
遠近法の脱走
帰路は隙なく取り外される
嬰児が降りおろす鋼鉄の打楽器のもとへ
招かれる複製たち
素材に帰結した床を
万国の肖像は裸足で踏み鳴らす
破砕していく音楽の粉塵から
勢いを増す、まわる早送りの絵巻
塔は忽ち復元を遂げ
せりあがる

大気を軽く越えて
可視の対象を捕らえた

オルガン

月のおもてに写しとられ
真夜中の階段にすわる個体が
握りしめる手鏡にとどくまでに
あかるかった陽光はあまりに変わり果て
窓枠の内側に闖入した

触れられぬオルガンの鍵盤がへこむ
見なれた景観だと声なき思索がつぶやき
すぐ隣で不眠に苦しんでいる薄明かりの漏らす驚きをかき消した
これ以上は言うまい
そうやって

沈黙が部屋いっぱいに満ちていった

重力の感傷をうけず
へこむ鍵盤の叩くスケールは無音だから
そして、オルガンを危うい足指で弾いているのは
震えながら
壁に似た滑らかな視線を極度に恐れる、
滑稽なまでに
すきとおった虚弱の猿だという仮説は
誰もが手をつける結論なのだ

そうだとすれば
こんな行く末も成りたつだろう
まだ誰の視界にも収まっていないとはいえ
鍵盤は猿の足指を鉄板のように焼き焦がして
一瞬たりとも休息を与えはしない
だから

あくまでも推測の域を出ないが
いつか猿は無音のスケールを踏みはずし
カーテンを揺り動かす、
悲鳴とともに具象化していくだろう
たくさんの不協和音が鳴り響く、
滝壺に封じ込められるのだろう

円陣

ぼくら手をつなぎながら
まるくならび
太陽をみつめる

光でも何でもよい一点に
非相対を措定したからこそ
その他、おおぜいの相対的事物がつくりあげられたのだ
だから、配下にある分子にとって
とりあえずの任意の一点を撤去しさえすれば

ぼくら手をつなぎながら

まるくならび
太陽をみつめる

光が、ぼくらの眼を焼きつぶす
耐えきれなくなって
そらした眼球の裏で
うしろぐらい影がうごめく
わずか数秒をもたず
視界から蒸発する物象のあとには
強固な粘土づくりで仕立てられた、
悠久の保存に耐える神性の誕生

ぼくら手をつなぎながら
まるくならび
太陽をみつめる
ぼくらの円陣から

手をふりほどいて逃げていく後姿が
森らしき陰のおくへ入る
目撃者の証言により、ばらまかれた、
警察署の掲示する肖像
初老の天使の相貌がさらされる

爪痕

秘匿する行為はもとより
秘匿する主体もまた葬り去らねばならないと
行方をくらました後に
残された布切れをめくれば羞恥があふれだし
わずかに横へ視線を移せば
痩せたヤモリ、こちらをみすえ

碧い床板よりも過酷な
マニキュアが塗られた爪に首を支えられ
覚悟を決める
眼を閉じる

我が家

もしも　君が野原の中心に位置する
我が一軒家に訪れるとしたら
真黒な暖炉のまえ
叔父の掌の底で跳躍するつどに
堅牢な口が緩む
物を言う権利を整えていく
すずしげな林檎と出会うに違いない
握りつぶされた林檎は叔父の貌と入れ替わり
平板な絶叫をあげずに絶えるだろう

ようやく手にいれた目鼻を確かなものにするために

一軒家をとりまく花々はざわめき
五本の指に枝分かれした葉は朗らかに
林檎よりも表情ゆたかな
もうひとりの叔父の誕生を祝う。
叔父は農園にいて
肉体に見立てた果実と遊ぶ
果実に似せた叔父はもとにかえらず

明日やまぬ雨粒がつよく降り
先端の尖った針として
生温かな土に突き刺さる
叔父が語った虚妄のうちで
実相に近い　うわごとの幾つか
雨にうたれながら
原色を噴き出し　迫ってくるという
野犬の逸話

わたしは家に帰る
コヨーテをつれて
家出した妹も出戻り
わたしたち家族の神話が
これから始まろうとしている

生い茂る椰子は傾いた家に秩序を加え
始祖鳥の聡明な頭脳がガラス戸にぶちあたる
万国旗のぶらさがった天井
屋根から　おおきな男が冷たい息を吹きかけ
まっしろに様変わりした四畳半
地層の暗闇を脱して、誇りたかく石化していくマンモス
エスキモーに擬した少年の歌う子守唄
わたしたち百人の兄弟を眠らせる

子守りする
妹の押す乳母車に

カッコウのヒナが居座る。
姉は武骨な男に朝の餌を与えにいく

我が家がいちばん落ちつくと
遠くにいる弟がうそぶく
日々　膨張を続けるマンモスが
うちの敷地を拡げている悲痛な様子に
誰か気づいてくれはしないだろうか

電線にとまる
ブランコを奪われた老婆
その数は次第に増えていった
赤ら顔の叔父はコップ酒をつかみ
老婆の肢体をながめている

四千《よんせん》の通行人《つうこうにん》
著者 米山浩平
2016年7月25日 初版第1刷発行
発行者 春日洋一郎
発行所 書肆 子午線
〒360-0815 埼玉県熊谷市本石2丁目97番地
電話 048-577-3128/FAX 03-6684-4040
URL http://www.shoshi-shigosen.co.jp
装丁 田代しんぺい
印刷・製本 七月堂
定価 2000円+税
ISBN978-4-908568-04-6 C0092